쉰일곱 편의 悲歌

쉰일곱 편의 悲歌

초판 1쇄 2012년 4월 17일
지은이 서원동
펴낸이 김영재
펴낸곳 책만드는집

주소 서울 마포구 합정동 428−49번지 4층 (121−887)
전화 3142−1585·6
팩스 336−8908
전자우편 chaekjip@naver.com
출판등록 1994년 1월 13일 제10−927호
ⓒ 서원동, 2012

ISBN 978−89−7944−391−2 (04810)
ISBN 978−89−7944−354−7 (세트)

서원동 시집

책 만 드 는 집
시인선 017

쉰일곱 편의 悲歌

책만드는집

　세 번째 시집을 묶는다.

　이번 시집은 1993년 이후 여러 문예지에 발표해온 연작시 「겨울 강江가에서」를 한데 모은 것이다.

　손꼽아보니, 햇수로 근 20년 만이다. 순전히 내 게으름 탓이다.

　뒤돌아보니 걸어온 한 걸음 한 걸음이 꿈만 같다.

　　　　　　　　　　　　　　　　—2012년 봄 아침에

　　　　　　　　　　　　　　　　　서원동

| 차례 |

겨울 강가에서

1
내 그 속에서 깊이 잠들리, 겨울 산하山河여
언 몸을 화톳불에 녹여가며 그대를 꿈꾸리, 사랑이여
누구의 삶인들 허전하고 외롭지 않으랴

저 갈까마귀떼 울부짖는 가시덤불 너머로
새파랗게 질린 겨울 하늘이 잠시 비치네
흐르던 시냇물도 오래전에 그 노래를 잃었고
이제 따뜻한 날들은 자취조차 없어졌거니
어느 구석진 땅 위에 지친 몸을 뉘어야 하리
시든 풀뿌리들 서로를 힘겹게 끌어안은 채 뒤얽혀 있는
허망한 겨울 벌판에 서서
어둡고 삭막한 마음의 갈래를
무엇으로 추슬러 보듬어야 하리

생각해보면 그대는 물, 불, 구름,
무엇으로도 약속받지 못하는 무형無形의 바람

희망이여, 꿈꾸는 자의 중얼거림이여,
네 여린 속살 속으로 파고들면
시간과 시간의 뒤틀림을 뛰어넘는 한 줄기 빛살
보일 듯 보일 듯 보이지 않는 무엇인가가
나를 손짓해 부르고 있네

그러나, 낡은 거미줄로 뒤덮인 내 기억의 시계는
영원히 멈춰져 있네
깊은 잠 속에서 깨어나지 않네
아무것도 없고 모든 것이 다 있는 허방세계虛方世界에
녹슨 닻을 내리고 있네

그대를 생각하며, 그대를 꿈꾸며, 그대를 그리워하며,

2
거센 폭풍우와 모래바람을 뒤집어쓰고
나는 바다와 사막을 건너 이곳에 이르렀다

쩡쩡 소리 내어 우는 겨울 강江이여
입속에서만 맴돌고 있는 뜨거운 말들이여
내게서부터 비롯되었다가
마침내 내게로 와서 끝나는 모든 것들이여
일어나 가자, 뿌옇게 흐려오는 두 눈 비비고
온몸에 덕지덕지한 소금버캐와 모래알들 털어버리고

가자, 일어나 가야 하리
보라, 바람이 휘두르는 시퍼런 칼날 맞받으며
그 속에 푸른 잎들 몰래 키우는 발가벗은 나무들을
들어보라, 꽁꽁 언 땅 속에서 뭇 생명이 두런대는 소리를

가자, 일어나 가야 하리
아직도 길은 끝나지 않았으니

새벽은 늘

새벽은, 늘
기다리는 사람에게만 찾아온다
눈보라 속에서도 용케 길 잃어버리는 법 없이
똑같은 시간에 같은 모습으로 어김없이 온다
간다, 사랑보다 조용히 왔다가
이별보다 먼저 간다
기척도 없이 왔다가 안부도 묻지 않고 훌쩍 떠난다
그리고 되돌아온다 다음 날, 그다음 날도

새벽이여, 네 가슴속에 둥지 튼
저 수많은 사람들의 꿈을 알고 있느냐
저들의 가냘픈 열망들이 하나둘 모여
밤마다 별이 되어 빛나고 있음을 알고 있느냐
알고 있느냐, 새벽이여
때로는 삶에 찌들고 지친 외로운 사람들이
네 아렴풋한 빛에 기대어 시름을 달래기도 함을
어린아이처럼 갈 길을 잃어버린 많은 사람들이 곳곳에서

옷소매로 눈물 닦으며 너를 바라보고 있음을
꽁꽁 언 겨울 새벽이여
너는 알고 있느냐, 진작부터 알고 있었더냐,

모든 강이 흘러가야 할 곳을 미리 알고 있으며
모든 산이 저마다의 영역을 굳게 지키고 있듯이
새벽이여, 너도 네가 흐르고 있는 곳
네 영역 속의 모든 소외받고 어둡고 버림받은 삶들을
가슴속 깊이 끌어안고 쓰다듬어 주려무나, 달래어주려
무나
다시 한 번 그들이 제 자신의 목소리로
제 자신의 노래를 마음껏 외쳐 부를 수 있도록
스스로의 힘으로 스스로의 논밭을 가꾸고 일구어
그 들판에서 자라난 곡식과 열매로 굶주림을 잊을 수
있도록
어루만져 주려무나, 등 다독여주려무나,

새벽은 늘,

기다리는 사람에게 먼저 찾아온다

시든 풀뿌리들 쓸어안으며,

상처 난 가슴들 매만지며,

이 세상 모든 부끄러움들 용서하며, 용서하며,

마음은 홀로 구르는

마음은 홀로 구르는 수레바퀴
아무 곳에도 얽매이지 않으려 하는
주인 없는 바람

그 시작은 절망이며
그 끝은
누군가 그리다 만 탱화처럼
덧없는 미망迷妄이다

이럴 수도 없고 저러지도 못할 때

이럴 수도 없고, 저러지도 못할 때,
겨울은 미친개처럼 달려와
가슴에 컹컹컹 못을 박는다

그리하여, 우리 모두는
가슴 잃은 맨몸이 된다, 알몸이 된다
바라볼수록 멀어지는 아득한 그리움이 된다
시든 풀뿌리도 세찬 눈보라도
한꺼번에 사라진다
빈 공간이 된다

저 먼 마을의 불빛
모두 꺼지고 난 뒤
이 황량한 곳에 내팽개쳐 진
쉬어빠진 목소리들,
말라비틀어진 여름의 흔적들,

광폭狂暴한 겨울의 발길에 짓밟혀
신음 소리조차 제대로 내지 못하는
저 가녀린 넋들은
이 한밤, 어느 곳
어느 구석진 곳에서 잠들랴

어디로 갈거나

어디로 갈거나, 찌든 몸 이끌고
얼어붙은 징검다리 건너

한때 민들레, 엉겅퀴, 쑥덤불
지천으로 피어나던 저 소롯길 따라
가볼거나,
걷다 보면 고랑 진 밭이랑
걷다 보면 밤새워 흐느끼는 봇도랑

내 어릴 적
잠 못 들어 설레며 뒤척이던
한 시절이
두 뺨 발그레 붉히는 그곳

내 열일곱 살 새처럼 뛰던 가슴이
쿵쿵쿵 살아 숨 쉬며
언제나 손짓해 부르는 그곳

이제라도 가볼거나, 상한 몸 이끌고

내 마음의 부싯돌

내 마음의 부싯돌이여
다시 한 번 불꽃을 일으켜다오
이 겨울을 모두 녹이고도 남아
삼라만상三羅萬象을 활활 불태워 버릴
깊이 잠든 언어言語들을 일깨워
기뻐 날뛰며 춤추게 할
새롭고 풋풋한 힘을 다오

텅 비어 오히려 꽉 찬
겨울 벌판이여, 얼어붙은 하늘이여,
내 낡은 공책에는
아무 흔적도 남아 있지 않구나
힘을 다오, 내게
어디에서도 부끄럽지 않을
당당한 목소리를 다오

시들어버린 대지大地여, 꽁꽁 언 골짜기여,

나를 잉태해 다시 태어나게 해다오

눈이여 내려라
마음껏 퍼부어라
내 모든 업장業障과 죄가
남김없이 씻겨질 때까지

그리하여, 나를 맑게 해다오
다시 노래 부를 수 있게 해다오
내 핏줄 속에서
싱그러운 시詩가 콸콸 맥박 치게 해다오

잘 있을까

잘 있을까, 봄마다 붉은 피 토해놓던
창녕昌寧 화왕산火旺山 진달래꽃

잘 있을까, 여름마다 지친 마음 달래주던
울진蔚珍의 진초록빛 바닷물

잘 있을까, 가을마다 고사리손 흔들던
설악산雪嶽山 내설악內雪嶽 단풍들

잘 있을까,
이 겨울을 잘 견디고 있을까
이 세찬 바람의 칼날을 잘 피하고 있을까
아무 탈 없을까
봄 여름 가을의 신령神靈들

무엇이었을까

무엇이었을까, 얼어붙은 겨울 벌판을 가로질러
중천中天의 가장자리로 사라진 것은

무엇이었을까, 꼭꼭 닫힌 얼음장 들추고
잠든 생명의 찌를 흔들어놓은 것은

얼어터진 땅의 손바닥 위로
하나둘 지친 날개를 접고 내려앉는 어둠이여
너는 보았던가,
너는 들었던가,
희끗희끗한 그림자만 남긴 채
쏜살같이 스쳐 지나가던 그것을, 그 소리를,
그 무엇의 흔적을,

그것은 무엇이었을까
무슨 표시였을까
누가 몰래 띄워 보낸 암호였을까

재가 되어 바람에 흩어져 가는
모든 삶들이여, 무엇이었던가
무엇이었던가, 우리들 삶과 죽음을
송두리째 뒤흔들어놓은 그것은

알몸으로 작두 위에서

알몸으로 작두 위에서 뛰고 춤추는 자여,
아직도 가슴속에서 뒹굴고 있는
상처투성이의 꿈이여, 박제가 된 지난날들이여,

시든 잡풀들 도꼬마리 열매
바짓가랑이에 들어붙는 겨울 벌판에서
그대들이 바라보는 것은 무엇인가

팍팍한 가슴
신열에 들끓는 마음 달래며
한 발 두 발 떨어지지 않는 걸음 옮기는
그대들은 누구인가, 누구인가,
온 곳은 어디며 갈 곳은 어디인가

이제 밤도 깊었도다
길 잃은 철새들의 울음만 빈 하늘에 메아리칠 뿐
아무것도 남아 있지 않도다
깊이깊이 잠들었도다

밤새 퍼붓던 눈

밤새 퍼붓던 눈발도 그쳐
바람만 성난 채찍 휘두르고 있다

둘러보면 한 뼘의 땅
한 움큼의 삶도 보이지 않는다
보이지 않는다, 모든 것 텅 빈 채
흰 물감을 겹겹이 뿌려놓았을 뿐이다

이따금,
황량하고 허전한 이곳을 떠나
어디론가 황급히 걸음 옮기는
몇 마리 철새,
시든 가시덤불에 걸려
헐떡이며 몸부림치는
찢겨진 비닐 조각 몇 개,

눈 온 뒤 겨울 풍경은

한없이 단순하다
한없이 단조롭다
강이 어딘지……
벌판이 어딘지……

저쪽 *끄트머리엔*
하늘과 땅이 같은 색깔로
가슴 맞대고 있다
두 손 꼭 잡고 있다

－나는 누구와 더불어 손잡고
  무엇과 맞닿아야 하나

멀리서 꿈결에서마냥
개 짖는 소리 들린다

겨울바람, 눈보라

차가운 바람
더 차가운 눈보라

이 얼어붙은 땅 아래로
아직도 수맥은 흐르고 있을까, 예전처럼
쇠보다 더 단단히 얼어붙었을까
아니면 추위와 굶주림에 지쳐
깊이 잠들었을까, 돌처럼

그러나 생각해보면
제아무리 땅의 실핏줄인들 이 혹심한 겨울을
이겨낼 수 없었으리라, 다른 것들과 마찬가지로
몸과 마음 굳어져 따로따로 놀다가
종래 어느 구석진 곳에 픽! 쓰러졌겠지
늙고 병든 짐승처럼

세찬 바람
더 세찬 눈보라

혼자 흐르는 겨울 강

알몸으로 부르르 떨고 있는
얼어붙은 미루나무여
너 여기서 무엇을 지키고 섰느냐

꽝꽝 언 얼음장 아래로
아무도 몰래 혼자 흐르는 겨울 강이여
너 거기서 무엇을 씻고 있느냐

바라보면 볼수록 남루한 세상
헛다리 짚고 비틀거리는 쭉정이들만 남아
바람 소리에도 안과 밖을 나누어
길고 짧고 어둡고 밝음을 다투고 있는데

바람은 안 보이고

바람은 안 보이고
바람 소리만 들린다
어두운 하늘가로
풀씨처럼 흩날리는 눈발의 중얼거림
온 벌판을 적시고 있다
적시고 또 적셔
한겨울을 활활 불태우고 있다

삼계三界의 모든 것을 태워
모든 삶과 죽음을 뒤섞어 하나 되게 하는
눈발의 축제, 또 다른 절망의 예행연습,
모든 것을 버리고
모든 것을 받아들이게 하는
이 겨울의 눈물방울,
바람의 파도 따라 출렁이는
하얀 물거품들,

그러나 아무 곳에서도
모든 곳에서도
채찍 휘두르는 겨울바람은
보이지 않는다
채찍 소리만 남아
얼음장 밑
잠든 물을 일깨우고 있다

더듬어보면 가랑잎 같았던

더듬어보면
가랑잎 같았던 나날들
산은 바람이 되라 하고
물은 구름이 되라 하던
그 시절들

지키지 않은 약속들
꽃피우지 못한 기다림들

지난날들을 생각할 때마다
만장輓章처럼 펄럭이는 아픔이 있네
깊은 밤, 홀로 듣는
풍경 소리처럼 아련한 슬픔이 있네
그리고 되돌아보면
외롭고 고단했던 시절들이
목마름을 이기지 못해 헐떡이고 있네
납작 엎드려 있네

세월이여,
한 방울 두 방울 새어 나와 흐르는
끈적거리는 어둠이여,
깊고 까마득한 골짜기여,

그 아득한 밑바닥에서 꿈틀거리는
내 욕망의 찌꺼기들을 용서하라
용서하라, 내가 목 조르려 했던 만상萬象의 그림자를
용서하라, 여기저기 크고 힘찬 것들에 가리고 짓밟혀
숨조차 쉴 수 없었던 내 마음의 빛들을

펄펄 휘날리는 눈보라

펄펄 휘날리는 눈보라 속에
간신히 버티고 서서
거친 세상을 바라보는
나는 누구이며
세상의 한복판에 굳게 서서
황량한 눈보라를 쳐다보는
너는 누구인가를 생각한다

눈은 내려서 무릎까지 쌓이고
매서운 바람은 대피리 소리를
천지사방에 뿌려대는데
눈 속에 서 있는 나는 누구이며
눈 바깥에 서 있는 너는 누구냐

안과 밖은 어떻게 다르며
겉과 속은 무엇이 어떻게 틀리는가

눈은 내리고 또 내려
움츠려 떨고 있는
산을 덮고 계곡을 덮고
너를 덮고
나를 덮고
모든 것을 휘덮고
남은 힘으로 제 모습까지
하얗게 뒤덮고 있는데
너는 누구인가, 그리고 나는

군데군데 눈 덮인

군데군데 눈 덮인
시든 잡초 무더기 가시덤불 사이
찬 바람에 찌든
찔레 열매 몇 개
모든 것 다 포기했다는 듯
가만히 얼굴 내밀고 있다
마음 내키는 대로 해보라는 듯
이따금 고개 내저으며

어쩌다,
텃새들 한두 마리 날아와
작은 입술 비비다 갈 뿐
찔레 열매는 그냥 그 모습대로
알몸으로 겨울과 겨루며
끝끝내 맞버티고 섰다

얼어붙은 가지 위엔
겨우내 하얀 꽃 가득 피운 채

오랫동안 뒤숭숭한 꿈속에서

오랫동안 뒤숭숭한 꿈속에서 살아오다
거칠고 황량한 겨울 벌판에 섰노라니
바람은 사나운 화살 연이어 날려
내 몸을 과녁인 양 쏘아 맞히네
생각해보면,
제대로 해놓은 것 하나 없고
여기저기 떠밀리듯
세찬 물살에 휩쓸려 살아왔거니
내세울 것, 자랑할 것도 하나 없네
무엇을 일러 삶이라 하고
무엇을 일컬어 죽음이라 하는지
삶과 죽음에 대한 구분조차
나이가 듦에 따라 애매하고 모호해지네
삶이 그대로 죽음이고
죽음이 그대로 삶 아닌지……

그저 스쳐 지나가는 모든 것들에 부끄러워지네

내게는 없는 것들,
이미 오래전에 잃어버린 것들,
한 번도, 단 한 번도 소유하지 못했던 것들,
나이가 들수록 욕심을 버려야 한다는
누군가의 말이 귓가에 생생하건만
마음에 이는 것은 욕념欲念의 파도뿐
출렁출렁…… 흔들흔들……
아무 곳에서나 거품처럼 부글거리며 끓어오르는
볼썽사나운 짓거리들뿐
남은 것 하나 없고
모든 것 덧없고 허망한데
춘삼월 꽃보다 붉고
고통보다 더 깊은 이 외로움

뒤숭숭한 꿈 깨어 겨울 벌판에 서니
하늘과 땅에 가득한 찬 바람 소리
귓가에 쟁쟁한 철새 울음소리

세상 모든 길

세상 모든 길을
눈보라가 깨끗이 치워놓았구나
말끔히 지워놓았구나

길은 안 보이고
마음도 안 보이고

보이는 것 모두
눈 속에 푹 잠겨버리니
비로소 내 갈 길이
열리는구나
또렷해지는구나

눈 속에 파묻혀
길은 안 보이고
보이지 않는 길 위로
눈밭 위로

아지랑이 되어 아른아른
떠오르는 아픔들
지워도 좀체 지워지지 않고
없애려 해도 끝내 사라지지 않는
내 속의 또 다른 내 모습들
비로소 선명하게 떠오르는구나

여기 이곳에 많은 모습들이

여기, 이곳에, 많은 모습들이 있다
많은 흔적들이 제각기 꿈꾸는 얼굴로 남아 있다

죽어버린, 잊혀진, 낡은 흑백사진 같은,
고뇌에 찬, 사막의 모래 폭풍처럼 화난, 시들해진,
종이꽃 같은, 허기지고 목마른, 섬뜩한,
과거로부터 현재에 이르는 모든, 잔뜩 겁먹은,
힘없는, 경멸하던, 후려치고 달아난,
너덜너덜 찢겨진, 우쭐거린, 꿈속의 꿈 같은, 황폐해진,
슬픔에 휩싸인, 덧없는, 돌아서 가버린,
사형장에 오른 죄수 같은, 약탈당한,
숨겨놓은, 빼앗긴, 바동거리는, 파헤쳐 진,
외롭고 허전한, 상처 받은, 깨어진 유리 조각처럼 날카
로운,
공포에 질린, 치사하기 짝이 없는,
피 흘리는, 늪 속 깊이 가라앉은, 분노에 찬,
처박힌, 뿌리까지 드러난,
아무것도 아닌, 뱀처럼 사악한, 증오해온,

인간의 탈을 쓴,
철거당한, 장식처럼 내걸린, 누구인지도 모를,
더럽혀진, 애원하는, 캄캄한 터널 속 같은,
으스대던, 독버섯 같은, 거부해온, 조심스러웠던,
사정없이 깨뜨린, 목쉰, 보잘것없는,
다 떨어진 외투 같았던, 비겁한,
흙먼지를 뒤덮어 쓴, 뜨거운,
박제가 된, 침해받은, 쓰러진, 기다려온, 고통스러운,

창고 속에 버려진, 시든, 날아가 버린, 목멘 함성 같은,
낡아빠진, 파먹어버린, 통곡하는, 치료되지 않는,
머리 숙인, 헝클어진, 기억에 없는,
정지된, 언짢은, 세월 속에 묻혀져 간,
눈물 젖은, 핼쑥한,

이 모든 모습들, 얼굴들,
여기, 이 겨울 벌판에 깊이 새겨져 있다
찬 바람에 시달리고 있다

꽁꽁 언 강가엔

꽁꽁 언 강가엔 겨울이 묶어놓은
나룻배 한 척

세찬 바람에 떨어져 내린
솔방울 몇 개

발가벗고 선
나무 몇 그루

저 멀리
시든 가시덤불 한 무더기

나머지는 한꺼번에 옷 벗어 던지고
날개 달아 훨훨 어디로 사라져갔나
어디로 갔나, 여름의 피와 땀
봄가을의 텁수룩했던 얼굴들

여기 이렇게 빈 공간만 남겨두고

새들의 자유

새들은,
삶과 죽음의 경계를
아슬아슬 잘도
빠져나간다
바람이 나뭇가지에
걸리지 않듯
유유히, 가뿐하게,

땅과 하늘 사이에
바둑판보다
더 복잡하게 그어진
보이지 않는
무한한 그물의 눈을
요리조리 잘도 빠져나가
마침내 편안한
안식의 땅에 이른다

부럽구나, 새들의 자유
미망迷妄의 덫에 걸리지 않고
하늘과 땅을
제 집인 듯 헤엄쳐 다니는
저, 절대 자유

추억의 문을 열고 들어가면

추억의 문을
열고 들어가면
가랑가랑 가랑잎 되어 떨어지는
아련한 그리움

문패도 주인도 없는
세월의 뒤뜰에서 서성거리는
낯익은 목소리들,
구겨지고 찢겨진 채
아무렇게나 버려져 뒹구는
지난 시간의 무덤들, 흔적들,

추억의 문 저쪽에서는
언제나 많은 모습들이
나를 손짓해 부르고 있네
빙그레 웃고 섰네
손수건 흔들며 눈물 글썽이고 있네

아아, 다시 한 번 되돌아가고픈
추억의 문 저쪽

누가 나를 그곳으로 보내준다면
다시는 되돌아 나오지 않으리

가도 가도 겨울의 끝은

가도 가도 겨울의 끝은 없다
걸어도 걸어도 겨울의 끝은 보이지 않는다

한때, 여기저기 피어올랐던 꿈의 꽃잎들
한때, 막아도 막아도 펑펑펑 솟구쳤던 연둣빛 희망들
지금은 다들 어디로 가버렸나, 어디로 숨어버렸나,

봄 여름 가을, 그 많던 나날들 그 숱한 추억들
어느 날 썩은 나무둥치처럼 픽! 쓰러졌고
구멍 뚫린 시간의 틈서리로 불현듯 겨울이 찾아왔었지

성에 낀 안경알 너머로
새삼 새롭게 느껴지는, 겨울 산하山河여
너와 나의 가슴속은 버석거리는 모래알뿐
아무것도 남아 있지 않고나
굳게 걸린 세월의 빗장 저켠에서
누구도 우리를 용납하지 않는구나

차디찬 땅 위에 쪼그리고 앉아
아무리 둘러보아도 따스한 봄은 보이지 않는구나
천지사방 아무 곳에도 없고나
영원히 사라져버렸구나, 우리들의 봄은

마음 길 끊어진 그곳

한 송이 바람꽃에 숨겨진 뜻도 모르면서
아른아른 봄 아지랑이 좇아
이곳저곳 정신없이 찾아 헤매는 그대여,
가고 오고 잃고 찾고에 걸림이 없을
마음 길 끊어진 그곳은 어디

가만히 그 귀 기울이면

가만히 귀 기울이면
얼어붙은 하늘가로 조심조심 흐르는
언어言語들의 물살 소리 들린다
자음과 모음이 몸부림치고
쉼표와 마침표 의문표가 서로 부딪쳐 깨어지는
비명 소리, 한숨 소리,
겨울의 빨랫줄 위에
여기저기 내걸려 펄럭이는
사전辭典 속의 낱말들,
밤마다 내 가슴속에서 뒹굴다 스러져간
그 숱한 낱말들이 구겨지고 바스라진 채
아우성치고 있다
바둥거리고 있다

버림받고 외로운 언어言語들이여,
나는 너희들의 넋을 느낀다

겨울이 조리개를 열고

겨울이 조리개를 열고
셔터를 누르는 순간
모든 동작이
순식간에 정지되며
작은 필름 속에
고스란히 녹아든 적막

지극히 단순해 보이는
이 표정들,
이 빛깔,
이 커다란 풍경화 한 점,

누가 이렇게 큰 허무를
한순간에 담을 수 있을까

무심코 발길에 차이는

무심코 발길에 차이는 코카콜라 깡통 하나

여기저기 칠 벗겨져 녹슨 채 나뒹군다, 한때 마른 혓바
닥 적시려

누군가 탐욕스런 입술 갖다 댔을 뚫려진 머리 틈새로

차가운 눈바람이 휑하니 스쳐 지나간다

자세히 보면 잔뜩 찌푸린 허공을 힘겹게 걸어가는 철새
들도

한결같이 깡통으로 만든 녹슨 날개를 달고 있다, 하염
없이 휘젓고 있다

어디서 왔을까

어디서 왔을까, 눈 속에서 뒹구는
이 작은 것들−깨어진 유리 파편, 돌멩이, 철새들이
떨어뜨린 몇 개의 깃털, 다 떨어진 신발 한 짝, 타다 남은
나무토막, 녹슨 철사 한 묶음, 비닐 조각, 아직도 겨울 벌판을
하염없이 헤매고 있는 어제의 바람……

이 작고 하찮아 보이는 것들은
애초 어디서 온 것들일까
어떤 신성神性의 뜻으로
차디찬 겨울 벌판을
이리저리 뒹굴고 있는 것일까
부르르 떨고 섰는 것일까

얼어붙은 수로水路

꽁꽁 얼어붙은 수로水路엔
피라미 한 마리 보이지 않는다
물풀들 말라붙고, 그 흔했던 개구리들도
진작 어디론가 숨어버렸다

여기 이곳에, 길고 꾸불텅하며
부끄러운 듯 숨어 있는 수로水路,
이 좁다랗고 빈약해 보이는 수로水路는
한때 이 일대를 기름지게 했던
땅의 실핏줄, 이 끄트머리에서
저 끝까지 끊어질 듯 말 듯 힘겹게 이어져
잠시도 쉬지 않고 숱한 자양분들을 날랐고
모든 오물 찌꺼기를 묵묵히 치워왔다

움츠린 겨울 하늘 아래
맨가슴 드러내 놓고
비스듬히 누워 있는 수로水路,

어쩌다 갈 길 잃은 철새들 한두 마리
잠시 지친 그림자 떨구고 갈 뿐
아무도 찾아주지 않는다

물이끼도 흔적 없고, 날뛰던 붕어 새끼들도
먼 곳으로 떠나버렸다

떠나버렸다, 한때 정들었던 모든 것들
온다 간다 말없이 사라져갔다
차디찬 겨울 벌판엔
텅 비어 허전한 수로水路만 홀로 남아
아무 쓸모없는 늙은 경주마처럼 쓸쓸히
지난날들을 더듬고 있을 뿐이다

갈 길은 아직 멀기만 한데

일어나자, 갈 길은 아직 멀기만 한데
말라비틀어진 나뭇가지가 사뭇 재주를 부리는구나
일어나자, 씽씽 썰매를 타고 새날이 오리니
스쳐 지나는 바람도 어제의 그 바람은 아니고
다가오는 모든 것들도 어제의 것은 아니라네

가자, 지친 마음 달래며
한 걸음 두 걸음 떨어지지 않는 몸 이끌고
이 벌판 건너 저 강변으로
기다려 반겨줄 아무것 없지만, 그래도 가야 하리
가다 보면 주인 없는 오아시스도 만나고
걷다 보면 달마達磨가 벽만 쳐다보며 9년을 지냈다는
어두컴컴한 숭산崇山 소림굴도 나타날 테지

ㅡ헛소리하지 마라
뱀도 못 그리는 주제에 다리까지 그리려고!
맹구우목盲龜遇木이며 섬개투침纖芥投針이로다

느닷없이 불어닥친

느닷없이 불어닥친 세찬 눈바람에
귀싸대기 한 대 얻어맞고
한동안 얼떨떨해 있을 때
발아래서 뭔가 〈반짝〉 하고 빛났다
〈반짝……〉
색 바랜 겨울 햇살 아래
〈반짝〉 하고 빛난 것을 주워 들고 보니
깨어진 초록색 유리 파편 하나
이 엄동설한嚴冬雪寒에 초록색이라니!

하늘에서 밀가루 부대를 풀어젖히고
바람 주머니를 연달아 터뜨리는
이 같은 날에
아직도 죽지 않고 살아 있는
초록색이 있다니……!

그것을 들고

이리 뜯어보고 저리 살펴보다
무심코 눈앞에 갖다 대자
갑자기 세상이 환하게 밝아졌다
정신까지 멍해졌다
맨눈으로 본 세상은 지극히 산문적散文的인데
색유리를 통해 본 세상은
너무나 시적詩的이었으므로

....
....
? ? ? ? ? ? ? ? ? ? ? ?
? ? ? ? ? ? ? ? ? ? ? ?

그렇다면, 깨어진 유리 파편을 통해 본 세상과
맨눈으로 본 세상, 이 둘 가운데
어느 것이 진짜고
어느 것이 가짜란 말인가

이곳에서 바라보니

이곳에서 바라보니
그대 가슴에 뜬 별 하나
추위에 떨고 있다, 그 아래
그대의 꿈이 비틀거리고 있다
내 꿈도 덩달아 휘청거린다

세상이라는
커다란 덫 속에 갇힌
그대와 나, 빠져나갈
구멍이 없다
아무리 지느러미 휘저어봐도
제자리걸음이다
노오란 절망의 손바닥 위다

어디에다 마침표를 찍어야 할지
어디쯤에서 이 무거운 발걸음을 멈추어야 할지
그대와 나, 아무도 모른다

모른 채 마냥 걷고 있을 뿐이다
황량한 겨울 강江가를
끝없이 헤매고 있을 뿐이다

그대 쪽에서 바라보는 내 별도
오늘 밤 한없이 떨고 있을 터이다

그대여, 우리 다시

그대여, 우리 꽁꽁 언
이 겨울 하늘 아래에서
이 겨울 땅 위에서
다시 시작해보자

가위, 바위, 보,
가위, 바위, 보,
다시 손 움츠렸다 내밀어
처음부터 다시 시작해보자
가위, 바위, 보,
가위, 바위, 보,

가위 속에 그대가 숨고
바위 속에 내가 숨자
그리고, 보 속에
우리 함께 숨어버리자
이 세상 끄트머리

저 우주 끄트머리
어디쯤

알 수 없는 것들

알 수 없구나
짐작조차 할 수 없구나
사납고 거친 야성野性의 짐승보다
더 사납고 거친 이 겨울이
맨 처음 시작되었을 때는
어떤 얼굴이었으며
맨 나중에 끝날 때는
어떤 표정을 지을 것인지

겨울이여, 이 세상
누구도 모르게 시작됐다가
누구도 모르게 끝나버리는
영원한 수수께끼여
아무도 풀 수 없는
우리 삶의 시험지여

네 알 수 없고

짐작조차 할 수 없는
힘의 원천을 생각할 때마다
나는 머릿속이 텅 빈 백치가 되는구나
가물가물 짙은 안개만 담뿍 끼는구나

무엇이 옳고 그른지

친구여, 무엇이 옳고 그른지
제대로 알 수 있는 사람은 이 세상에
아무도 없다네, 단 한 사람도
따지고 보면 일찍이 죽어버린 현자賢者들도
안 것이라곤 별로 없었을 것이네
우리보다 한두 개 정도 더 많이 안 것에
지나지 않았을 것이네

　　어떤 것도 영원한 것은 없으며
　　어떤 것일지라도 변치 않는 것은 없다네

친구여, 살아가야 한다는 것이
서커스의 곡예처럼 힘들고 고달프더라도
우리 함께 언 손 잡고 걸어가 보세
슬픔과 외로움이 왜 다른지
마지막엔 결국 무덤에 닿게 될 이 길이
언제쯤 끝나게 될 것인지

우리 함께 밤새도록 이야기해보세

이 우주든 저 우주든
하늘이든 땅이든 그 무엇이든
모든 것은 변하고
언젠가 불타거나 시들어 없어지게 마련인데
하물며 개미 터럭보다 작은
인간의 마음이야 오죽하겠나

친구여, 이 세상엔
영원히 옳은 것도 없으며
영원히 그른 것 또한 없다네

이제 무엇이 남았나

이제 무엇이 남았나
얼마나 남았나
무엇이 얼마나 남았나

눈뜨고 보라
군데군데 상처 난 버림받은 넋들뿐
나머지는 모두 사라져갔다
한꺼번에 어디론가 흩어져 버렸다
오직 여기저기
마음대로 떠도는 바람만 남아
신명 안 나는 굿판 벌이고 있다

차가운 눈 속에서
허우적허우적 자맥질하는
남아 있는 모든 넋들이여
너희들도 떠나거라
어서 떠나거라

훨훨 사라지거라

좋은 세상 찾아가거라

밤새 귓전에서 흐느끼던

밤새 귓전에서 흐느껴 울던 겨울바람이여
너 어디 있느냐, 어디 있느냐 쉰 목소리만 남겨두고
너 어디로 갔느냐, 어디로 갔느냐 황량한 흔적만 남겨
두고

가서, 잘 살고 있느냐
가서, 잘 지내고 있느냐
그곳은 여기보다 여러모로 살기가 좋으냐
공해도 없고, 매연도 없고, 소음도 없느냐
사시사철 뿌려대는 황사바람이나 산성비, 산성 눈도 없
느냐
불시에 당하는 검문검색이나 협박이나 미행이나 도청은
없느냐
사유思惟와 행동과 언어言語와 표현의 자유自由는 있느냐
세금도 알맞고, 세무사찰 걱정도 없느냐
밥벌이도 괜찮고, 마누라도 착하고 예쁘며, 자식새끼들
도 다 고분고분하냐

이웃들과도 잘 지내고 있느냐, 아귀다툼 없이
서로 사랑과 믿음이 오고 가느냐, 이곳과 달리
함께 어우러져 함께 살아가느냐, 서로를 신뢰하며

그렇다면, 겨울바람이여
나도 그곳으로 데려가 주려무나
나도 그곳에서 살도록 해주려무나

흩날리는 눈발

한 점 두 점 분분히 흩날려
그 속에다 점점이
그리운 이름들과 얼굴들 아로새기며
쏟아져 내리는 저 눈발

꿈보다 선명하며 생생하고 질펀한
겨울이 벌이는 이 굿판, 이 신명,

누가 시퍼렇게 날 선
작두 하나 가져오려무나
맨발로 눈발과 뒤엉켜 뛰어놀아 볼
서늘한 작두 하나를

눈 그치고 비 뿌리니

눈 그치고 비 뿌리더니
다시 진눈깨비 흩날린다
잊지 말라는 듯
매서운 눈바람이
때맞춰 휘몰아쳐 온다
찬 바람이
몸을 얼어붙게 한 후
남은 한기로
마음까지 얼려놓는다
얼어붙지 않은 것은 하나도 없다
눈에 띄지 않는다
가끔 봉오리도 맺지 못한 채
시들어버린 것들의 비명 소리가
땅속 깊은 곳에서 울려 퍼진다
겨울은 세상 모든 삶들을
지옥의 끄트머리에
단단히 옭매놓았다

아무도 그 우악스러운 손아귀에서
벗어날 수 없다
누구든 그저 순순히
목을 길게 내밀고
기다릴 수밖에 없다
선택의 여지란 전혀 없다
처음부터 없었다
이곳에 서서 생각하면
봄 여름 가을 겨울은
아예 없었던 듯하다
꿈속에서 잠시 만났거나, 혹은
신기루를 보았던 것은 아닌지
이 땅에
봄 여름 가을이
있었기는 있었던 것일까

중얼거리는 소리들

등 뒤에서, 땅 밑에서, 아니 하늘 위에서
아니, 아니, 먼 동해 바다 남해 바다에서
그것도 아니면 더 먼 설산雪山이나 백두산白頭山에서
누군가 중얼거리는 소리 들린다

누구의 목소리일까
시든 나뭇가지가, 땅강아지가, 두더지가, 구름이,
오징어나 갈치가, 호랑이나 노루가, 설란이,
말한 것일까

무어라 중얼거린 소리였을까
사랑에 대해, 삶과 죽음을,
신을, 인생을,
이야기하려 한 것일까

무엇이었을까
무슨 뜻이었을까

웅웅 벌 떼 소리 같기도 했고
쿵쿵 심장 뛰는 소리 같기도 했고
찌륵찌륵 벌레 소리 같기도 했고
휘휘 휘파람 소리 같기도 했고

어느 누구의 소리였을까
어느 누가 내게 비밀리에 보낸 신호였을까

찾으려 하면 아무 곳에도 없는

찾으려 하면 아무 곳에도 없고
숨기려 하면 선명하게 드러나는
무명無明이여,
이 전셋집에서 저 월셋집으로
이 겨울 강江가에서
저 겨울 벌판으로
이리저리 옮겨 다니는 떠돌이 삶을
언제쯤 끝마칠 수 있으랴, 언제쯤……
언제쯤 어둡고 질긴 인연의 사슬들
모두 벗어던지고
거기 묻은 덕지덕지한 땟자국도
말끔히 씻어 없애고
헝클어진 삶을 정리할 수 있을까
오래전에 잃어버린 자유自由를
되찾을 수 있을까
훨훨 거침없이
마음껏 날아다닐 수 있을까

한차례 세찬 찬 바람 불고

꽁꽁 언 이 겨울 강江가엔

다시 또 사락사락 싸락눈 내리는데

사랑이여, 네 마음의 주소는

사랑이여, 험하고 거친
겨울 골짜기를 아무리 헤매 다녀도 알 수 없는
네 마음의 주소는 어디?

지난 봄날 내가 뿌렸던 씨앗들은
어떻게 되었느냐, 죽었는가 살았는가
아니면 한여름 밤 반딧불에 묻혀
어디론가 훨훨 날아가 버렸느냐
이 풍진 세상이 싫다며 훠이훠이 승천昇天해버렸느냐
어떻게 되었느냐, 사랑이여
내가 네 가슴에 아무도 몰래 심어둔
생명의 한 톨 씨앗은

어떻게 해야
네게 가까이 다가갈 수 있으랴

얼어붙은 겨울의 실핏줄을 타고

네 심장의 잔뿌리에 다다를 수 있는
길고 좁다란 통로는 어디 있는가

네 마음의 출입구는 어느 쪽에 있는가
동東이냐 북北이냐, 남南이냐 서西냐, 그도 아니라면
하늘 어디쯤 아무도 모르는 양지바른 곳에
몰래 파묻어두었는가, 내 사랑을

지금은 모든 것이 얼어붙는 빙하기氷河期
사랑이여, 네 마음 어디쯤에다
내 지친 닻을 내려야 하는가
죽음보다 무겁고 두려운
내 마음의 짐들을 부려놓아야 하는가

겨울 차디찬 햇살 아래

겨울 차디찬 햇살 아래
이리 쏠리고 저리 부대끼는 한낱 먼지여
이승과 저승을 떠도는 갈 곳 없는 혼백처럼
뼈와 살도 없이 잘도 휘적휘적 돌아다니는
최초의 나그네여, 방랑자여,
오늘은 이곳 텅 빈 벌판에서 뛰어놀다
내일은 어디로 거처를 옮기려느냐
약속도 인사도 없이
차가운 겨울 햇살 속을 분주히 헤엄쳐
이리 기우뚱 저리 기우뚱 흐느적거리며

시커먼 그림자 되어

시커먼 그림자 되어 밤낮없이
세상 구석구석 모든 것들을 염탐하고 엿보는
내 속의 억만 번뇌煩惱와 망상妄想이여
이제 정말 지쳤노라
아무것도 더 이상 보고 싶지도 듣고 싶지도 않노라

나를 이대로 가만히 내버려 다오
바람 부는 대로
물결치는 대로
조용히 살아가고 싶구나
그렇게 살다가
아무 자취도 찌꺼기도 없이
어디론가 사라질 수 있도록 내버려 다오

상처 위에 뿌리는 소금은
더욱 짜고 따가우니

물이 물에 젖듯이

물이 물에 젖듯
얼음이 얼음을 껴안듯
눈이 눈에 파묻히듯
슬픔은 슬픔끼리
외로움은 외로움끼리
서로서로 어깨 맞댄다

술이 술에 취하듯
바람이 바람을 잉태하듯

물이 물을 씻어주고
얼음이 얼음을 감싸 안으며
눈이 눈을 덮어주듯
내가 너를 껴안아줄 수는 없는가
너의 상처를, 나의 아픔을
서로 핥아줄 수 없을까
서로 가려운 등 긁어줄 수 없는가

술이 술을 부축하고
바람이 바람을 쓰다듬어 주듯
내가 너를, 네가 나를,
위로하고 힘이 되어줄 수는 없을까

바람 속에도

바람 속에도
다른 바람이 숨어 있는지
바람을 흔드는
미세한 기척 느껴진다
침묵의 아들, 슬픔의 딸인,
이 바람 속 어디서
누군가 바람의 등을 떼밀어
또 다른 바람을 일으켜 세우고 있다

엿들어보라,
바람을 파고드는 다른 바람 소리를
바람 속에는 셀 수 없이 많은
서로 다른 바람이 뒤섞여
고통에 찬 긴 휘파람 불어대고 있다

빈 벌판엔 여기저기

다시, 바람이 분다
빈 벌판엔 여기저기
비눗방울처럼 흩날리는 눈송이들
한 송이…… 두 송이…… 또 한 송이……
날린다, 춘삼월 꽃샘바람에 지는 꽃잎처럼
쓰러진 나뭇등걸, 철조망, 가시덤불,
철새들이 버려둔 몇 개의 깃털,
모두 숨죽이고 있다
깊이깊이 잠든 체하고 있다

아무도 입을 열지 않는
이 겨울 강江가, 곳곳에
파수병처럼 버티고 서 있는 나무들만
때때로 부르르 몸을 떤다
그 밖엔 아무것도 없다
아무 일도 일어나지 않으며
아무런 낌새도 없다

끝없이 고요하기만 하다

마치 큰 절망의 해일이 덮쳐 올 것처럼

눈보라가 친다

눈보라가 친다
너는 어디에 있느냐

모두가 잠든
이 겨울 강江가
아무것도 없다
텅 비어 있다

너는 듣느냐, 순장되지 않으려 몸부림치며
자지러지는 갈대꽃 울음소리를
너는 보느냐, 분분히 바람에 낙화되어
차디찬 겨울 강기슭
하얀 뼛가루처럼 흩날리는 석양의 그림자를
너는 생각하느냐, 손잡고 우리 함께 있을 때
고통도 기쁨이던 날들을

오늘, 너 없는 이곳에서는

바람도 맥 빠진 목소리로 울고 있다
시린 어깨 들썩이고 있다

겨울이여 이제 나를

겨울이여, 이제 나를 놓아다오

컴컴한 그림자 되어
언뜻언뜻 스쳐 지나가는
모든 것들이여,
이제 나를 용서해다오

내게서 벗어나게 해다오
네게서 벗어나게 해다오

절망이여 내 너를

절망이여, 내 너를 사랑하노라
홀로 시린 가슴 움켜쥐고 있을 때나
벼랑 끝에 내몰렸을 때도
나는 너를, 오직 너만을 생각했노라
그리하여 내 곁엔 언제나 너뿐
아무도 없었노라

언젠가 내 너를 목 조르려 했으나
눈 떠보니 너는 나의 무덤, 나는 너의 무덤,

그 이후로 우린
시린 발목 서로 어루만지며
시궁창이나 논둑길 자갈밭 가리지 않고
어푸러지며 얼크러지며 함께 걸어왔었지

절망이여, 나는 결코
너를 배신할 수 없다네

내 안에서 너를
네 안에서 나를
지워버릴 수 없다네
잊어버릴 수 없다네

절망이여, 너는 나의 희망
조용하고 편안한 나의 무덤

내 이곳에서 살리라

내 이곳에서 살리라

발가벗은 나무들 사이로
갈대꽃 시린 어깨 너머로 보이는
희끗희끗 색 바랜 채 내팽개쳐 진
세상의 잔뿌리들 쓰다듬으며
이곳에서 살다 죽으리라

두 발 꽝꽝 언 땅 속에 뿌리 내리고
가슴 가득 저 낡은 하늘 거두어 안으리라
더 이상 아무것도 바라지 않고
바람처럼, 성긴 눈처럼, 그렇게 살아가리라

살아가리, 남루한 기억들 모두 지워버리고
사나운 북풍에 마비된 온몸 비벼대며
시든 갈대꽃과 더불어,
얼음장 아래 몰래 흐느끼는 차디찬 강물과 더불어,

내게 남은 모든 것 하나둘 버려
빈 몸 빈 마음 되어
아무에게도 아무 데도 얽매이지 않으리
얽매이지 않으리, 그 무엇에라도

새처럼 바람처럼 휘휘 살아가리

세상은 빈집

세상은 빈집
아무도 없다
빈 껍질만 남았다
빈 목소리만 남았다
둘러보면 눈빛에 제 그림자 헹구고
휑하니 돌아서 달려가는
매서운 겨울바람뿐이다
바람뿐이다, 삶도 죽음도
휑하니 스쳐 가는 바람
인연 따라 모였다 흩어지는
먼지 부스러기일 뿐이다
지난 시간의 자취를
되돌려놓을 수 없듯이
그 누구도
이 텅 빈 세상을
강제로 채워놓을 수 없다
기다려야 할 뿐,

내가 너를 기다리고
네가 나를 기다리듯
다소곳이 참고
기다림의 모래시계를
들여다보고 있어야 할 뿐,

언젠가 이 기다림 다 끝나는 날
녹슨 희망
상처 난 꿈들도
새로운 모습
새로운 얼굴로
다시 노래 부르게 되리
다시 춤추게 되리
지금은 기다림의 시간,
인내의 시간,
고통과 외로움을 벗 삼아야 할 시간,
이 겨울이 끝나고 텅 빈 세계가

하나, 둘, 셋…… 천…… 만……
저절로 꽉 찰 때까지
기다리고, 기다리고, 또 기다려야 하리

세상은 빈집
아무도 없다

이제 더 버릴 것도

이제 더 버릴 것도 없다
더 잃을 것도 없다
겨울의 끝은 보이지 않는다
어디를 둘러봐도
다 같은 모습
똑같은 얼굴일 뿐이다
틀린 것은 하나도 없다
삶도, 죽음도, 절망도, 희망도,
모두 꽁꽁 얼어붙었다

겨울은 갈수록 깊고
그 골짜기 오를수록 험하다

모두들 입속엔

모두들 입속엔
차마 내뱉지 못한 말들
잔뜩 거미줄 치고 있다
채 말이 되지 않았던 말들
채 입 밖으로 나오지 못했던 말들
말이 되지 못한 말의 시신들이
가슴에도 머리에도 귓속에도
어깨에도 발뒤꿈치에도
온통 거미줄 치고 있다

눈 덮인 벌판, 꽁꽁 언 겨울 강江가엔
말의 유령선들
이곳저곳 떠돌고 있다
풍덩풍덩 자맥질하고 있다

이 차디찬 고통들

이 차디찬 고통은 어디서 오는가
눈벌판을 걸어오는가
시든 가시덤불 헤집고 오는가
얼어붙은 강江 아래 숨어 몰래몰래 흐르는
잔물살에 뒤섞여 오는가

아니면, 마음의 줄기를 타고
온몸 구석구석에 퍼진
신경세포의 뿌리를 거슬러 올라오는가

고통은,
상처 입은 한 마리 까마귀
아무 예고 없이
죽음보다 조용히 불쑥 찾아와
시키면 명함 내어민다
날카로운 정으로 가슴 쪼아댄다

고통이라는 이름의 까마귀여
네 그렇게 원한다면
내 모든 것 활짝 열어젖혀 주마
마음껏 쪼아보려무나
마음껏 해코지해보려무나
이 차디찬 겨울이 다 가기 전에

겨울은 끝이 아니라

겨울은 끝이 아니라
새로운 것에로의 힘찬 출발
탕! 경주용 총소리도 없이 달려나가는
수많은 팔다리들의 질주
꿈틀대며, 허우적거리며,
있는 힘 다해 뛰쳐나가는
서로 용서하며, 용서받으며, 달려나가는
보이지 않는 질주

어디서부터 시작되는지
어디쯤에서 멈추어야 할지
아무도 모르는
끝없는 질주
새로운 것에로의 힘찬 출발

아직 끝나지 않은 노래

아직 끝나지 않은 노래여,
못다 부른 사랑의 노래여, 절망의 노래여,

눈바람에 묻혀 조금씩 제 모습을 지워가는
삼라만상森羅萬象을 지켜보노라면
먼지 더부룩한 기억의 창고 속에서
아슴푸레한 지난날들이 하나씩 기지개를 켠다
알았다, 알았다, 고개 끄덕이는
구겨진 겨울 산맥山脈 틈 사이로
낡은 무덤들이 하나둘 열리고
오래전에 죽어버린 혼들이
생명의 불을 밝혀 들고 뚜벅뚜벅 걸어 나온다

그러나, 날이 새면
어떤 꿈도 시들게 마련이니
가자, 뼛속까지 얼얼하게 만드는 이 차디찬 겨울이
다시 싸느랗게 식어버리기 전에

발길 이끌리는 데로, 마음 닿는 데로,

따스했던 지난 기억들
시간의 주름살 속에 깊이 잠재우고
내 가난한 마음속에 촛불 하나 켜두고

잘 있어라, 봄마다 소곤거리며 피어오르던
먼 산 가까운 산 진달래꽃
잘 있어라, 여기저기 얽히고설켜
도저히 감당할 수 없었던
고래 심줄보다 질긴 인연의 매듭들

다들 잘 있어라, 살가죽과 뼈만 남아 앙상한
겨울의 모든 것들이여
군데군데 상처 난 희망이라는 이름의 누더기여

우리 모두 개과천선해 만나자

좋은 날 좋은 때 잡아 다시 만나자
다시 만나 멋진 굿판 벌여보자꾸나
신명 나게 한바탕 놀아보자꾸나

희망이여, 꿈꾸는 자의 중얼거림이여

이하석 시인

1

서원동의 시들을 한꺼번에 접하고 한동안 말을 잃는다. 1977년 《문학과지성》에 작품을 발표하면서 등단한 후 첫 시집 『우리들의 왕』(문학과지성사, 1983)에 이어 두 번째 시집 『꿈속에서 꾸는 꿈』(시와시학사, 1995)을 내고 난 다음 깊은 침묵 속에 빠져버렸는데, 17년 만인 지금에 와서 비로소 세 번째 시집을 묶기 때문이다. 가파른 삶을 꾸려오느라 시를 매만지고 묶어내는 일에 몰두할 수 없어서 시의 편수를 채우느라 지금까지 늦어졌다고는 생각지 않는다. 삶이 시와 아주 떨어져 있었던 것은 아님을 알고 있기 때문이다. 문학지 출판에 꾸준히 관계를 해왔고, 지금도 《21세기문학》의 편집주간을 맡아 문학작품들을 수합하여 정성스럽게 꾸려

내고 있다. 간간이 시를 발표하는 걸 쉬지 않은 것은 물론이다. 그러니까 몇 권의 시집 분량을 갖고 있음에도 불구하고 시집 출간을 기피해왔다고 볼 수밖에 없다. 이 또한 그와 젊은 시절을 함께 문학을 앓아온 나로서는 이해하기 힘든 일이 아닐 수 없다.

그와 우정을 나눈 지도 꽤 오래되었다. 70년대 초부터였으리라. 20대 초반, 술집 '쉬어가는 집'과 '가보세', 그리고 동성로의 '미도다방' '무아다방' 등이 우리 '대책 없는 무리'들의 서식처였을 무렵이다. 그와 함께 자주 어울렸던 초짜 글쟁이들은 필자는 물론 이동순, 이태수, 서종택, 강현국, 박정남, 이우걸 등과 바로 '아래 세대'들인 손철주, 심만수, 구본희, 송재학, 장옥관, 류후기, 서지월, 홍영철, 안도현, 문형렬, 박덕규, 이창동, 김재진, 권태현, 오정국, 박기영 등(이 명단은 그가 대구 문단을 회고한 글에서 나열한 것을 대충 베낀 것이다)이었다. 우리들은 느닷없는 통음과 하릴없이 구석진 곳에 죽치는 것으로 늘 서로 부르고 만나서는 서로 들끓어댔다. 이 시절을 두고 누군가는 질풍노도라 하기도 했다.

그 속에서 그는 비교적 단아한 포즈로 나직나직하게 시와 사람들을 이야기하고, 조용하게 술을 마시는 타입이었다. 말하자면 열정을 속으로 삭이면서 절제하는 데 아주 익숙한 듯 보였다. 그의 명징함과 균형 감각은 우리들을 때로 숙지게 하고, 다시 돌아보게 하는 참으로 좋은 덕목으로 여겨졌다. 나중에 우리들 몇 명이 모여 《자유시》 동인을 결성하고 활동했을 때에 그도 함께 참가했는데, 그의 균형 감각은 동인지 발간과 동인 간의 우의를 다지는 데 큰 역할을 했다.

그가 80년대 초에 서울로 자리를 옮긴 후부터는 만남이 뜸해졌다. 그런 가운데 젊은 시절은 간단없이 제각기의 삶으로 부대끼면서 지나가 버렸는가? 가끔 전화로 안부를 묻고 특별한 행사나 경조사가 있을 때에 잠시 만나는 사이에, 쉬엄쉬엄하면서도 아주 빠르게 엄청난 세월이 지나가 버렸다. 30여 년이 그렇게 지나가 버리는 바람에 우리의 만남도 뜸해질 수밖에 없었다. 그렇다고 해도 그는 젊은 날을 함께 동고동락한 지우로서 오래 우리의 시선 밖에 놓이지 않았다. 지금도 그러하다. 다만, 이따금 원고 청탁이니 뭐니 해서 전화를 해 올 때면 그는 느닷없이 가족의 안부를 묻기도 하면서도 자기 근황은 잘 설명하지 않는 과묵함을 여전히 유지하고 있다는 느낌을 받는다.

어찌 됐든 그의 시집 출간이 20년이 되어가도록 이어지지 않은 그 긴 침묵의 이유를 이해하지 못하는 것은 이런 형편 탓이긴 하지만, 자주 만나지 못했기 때문에 이런 그의 행적이 오히려 신비하게 여겨지기도 한다. 어쩌면 그는 작금의 문단 활동이 참으로 번잡하게 이루어지는 걸 보기 민망해했고, 그런 결벽증 때문에 시집을 내어 그 속에 끼이는 것을 꺼렸을지도 모르겠다. 그런 푸념 비슷한 말을 언젠가 얼핏 들은 것도 같다.

그런 가운데, 뜻밖에도, 그리고 참으로 오랜만에 그의 많은 시를 한꺼번에 접하게 되어 그동안 어떻게 지냈는지 그 단서를 찾으려 행간을 헤집어 살펴보지만, 그 자신의 삶에 대해서는 여전히 과묵하게 말을 아끼고 있음을 확인할 뿐이다. 다만 이번 시집이 「쉰일곱 편의 悲歌」라는 제목의 연작시로 특별히 엮어졌다는 점에서 그의 삶이 이 시집으로 하여 새롭게 반성되고 전망되는 전기를 맞게 될 것을 기대하는 의욕으로 쓰인 게 아닌가 하는 기대를 갖는다. 시집 『우리들의 왕』과 『꿈속에서 꾸는 꿈』이 보여주었던 존재에의 질문, 또는 시적 명상으로 구축한 아름다운 피안의 세계는 아주 단아하면서도 치열한 감성을 보여주었다. 진정한 삶이란 무엇이며, 그 의미에 대한 사색과 고뇌를 어떻게 드러내야 하는가를 그는 자아와 타자의 대립된 세계 인식으로 각인해 보이기도 했다. 그는 한 산문에서 "내게서부터 모든 것은 시작되고 내게서부터 모든 것은 끝난다. 따라서 나는 처음인 동시에 마지막이며, 오늘이란 시간의 터전 위에 자리 잡고 있는 어제이며 내일이다. 내일에의 꿈이다"라고 말하기도 했다. 이런 생각을 젊은 시절에 드러냈으니 조숙하게 보일 만했다. 이러한 질문과 각인이 이번 연작시에도 여전히 반추되고 있음을 본다. 그러면서 나이 탓일까, 우리 삶의 엄혹한 현실을 자신의 안에서 삭히고 순화하면서 한계가 분명한 삶의 조건과 상황을 새로운 전망의 디딤돌로 삼음으로써 부활의 의지를 드러내고 있다.

2

서원동의 이번 시집 『쉰일곱 편의 悲歌』는 제목처럼 모두 57편으로 구성되어 있다. '비가(elegy)'란 친구나 연인, 또는 위인의 죽음을 애도하는 명상적인 서정시라는 사전적 해석이 있다. '애가哀歌'라고도 할 수 있는 서구 문학의 한 양식이다. 과거 비가는 독특한 형식을 가지고 있기도 했으나 차츰 어떤 규격이나 관습을 떠나 비교적 자유롭게 구사됐다. 현대시에도 여전히 잘 쓰이는 시적 표현이기도 하다. 그러나 서원동의 '悲歌'는 이런 형식적인 걸 수용하는 게 아니라 자신이 관심을 갖는 상실의 주제를 아우르는 분위기의

한 전형으로 차용하고 있는 듯하다. 물론 그의 시들은 동양
시가 전통적으로 보여온 자연에 대한 관심을 인지상정에 의
탁해서 말하기도 하고, 서구 문학에서 보이는 비가 특유의
목가적인 서술에도 관심을 보이지만, 그보다는 삶에서 느끼
는 그리움의 대상, 곧 사랑에 대한 상실감과 새로운 만남에
의 기대 같은 정서를 흐느끼듯 드러낸다. 그러한 정서를 아
우르는 하나의 틀로 '悲歌'라는 제목을 차용한 것이다.

「쉰일곱 편의 悲歌 1」에는 '겨울 강가에서'라는 부제가
붙어 있다. 그러니까 이 시들은 '언 몸을 화톳불에 녹여가
며 꿈꾸는 그대'에 대한 헌사라고 할 수 있겠다.

> 내 그 속에서 깊이 잠들리, 겨울 산하山河여
> 언 몸을 화톳불에 녹여가며 그대를 꿈꾸리, 사랑이여
> 누구의 삶인들 허전하고 외롭지 않으랴
>
> 저 갈까마귀떼 울부짖는 가시덤불 너머로
> 새파랗게 질린 겨울 하늘이 잠시 비치네
> 흐르던 시냇물도 오래전에 그 노래를 잃었고
> 이제 따뜻한 날들은 자취조차 없어졌거니
> 어느 구석진 땅 위에 지친 몸을 뉘어야 하리

시든 풀뿌리들 서로를 힘겹게 끌어안은 채 뒤얽혀 있는
허망한 겨울 벌판에 서서
어둡고 삭막한 마음의 갈래를
무엇으로 추슬러 보듬어야 하리

생각해보면 그대는 물, 불, 구름,
무엇으로도 약속받지 못하는 무형無形의 바람

희망이여, 꿈꾸는 자의 중얼거림이여,
네 여린 속살 속으로 파고들면
시간과 시간의 뒤틀림을 뛰어넘는 한 줄기 빛살
보일 듯 보일 듯 보이지 않는 무엇인가가
나를 손짓해 부르고 있네

그러나, 낡은 거미줄로 뒤덮인 내 기억의 시계는
영원히 멈춰져 있네
깊은 잠 속에서 깨어나지 않네
아무것도 없고 모든 것이 다 있는 허방세계虛方世界에
녹슨 닻을 내리고 있네

그대를 생각하며, 그대를 꿈꾸며, 그대를 그리워하며,
　　－「겨울 강가에서」 부분

　시집의 서두를 장식하는 이 시는 시집의 성격을 은연중 드러내고 있다.

　현실은 허방세계다. 무엇인가 있는 것 같으면서도 기실은 그 어느 것도 뚜렷하게 규정할 수 없는, 그야말로 "아무것도 없고 모든 것이 다 있는" 세계다. 이 세계에서 '나'는 '그대'를 생각하고 꿈꾸고 그리워한다. '그대' 역시 구체적인 형상으로 떠올릴 수 없는 존재다. "물, 불, 구름, / 무엇으로도 약속받지 못하는 무형의 바람"이라 여겨질 뿐이다. 그렇다면 이 허망한, 겨울 산하에 깊이 묻힌 '허전하고 외로운 삶' 속에서 구체적으로 잡히지 않는 '그대'를 부르고, "언 몸을 화톳불에 녹여가며 그대를 꿈꾸"는 것은 무엇 때문인가? 실체를 알 수 없긴 하지만, 그리움의 대상을 설정함으로써 오히려 '나'의 존재감이 의미를 획득하는, 사랑의 관계 속에 스스로를 묶음으로써 오히려 진정한 자유를 느끼고 존재감을 더욱 구체적으로 정립하는 일이라 여기기 때문일까?

　그것은 어쩌면 겨울의 고통스러운 상황에서 새롭게 문을 열어놓는 일이며, 그 문을 통해 누군가를 맞을 준비를 하는,

114

또는 누군가를 맞으러 나가려는 자세처럼 보인다. 말하자면 자신이 여전히 사랑의 열정으로 끓는 상태임을 보여주려 하고 있는 것이다. 이 허방세계에서 유일하게 기댈 수 있는 기둥, 곧 희망은 그러한 태도를 유지하는 데서 얻어진다고 믿는 것일까? 그렇다면 희망은 사랑의 다른 이름이리라. 한계 지어진 삶에서 그 한계를 넘어설 수 있는 힘이 사랑의 힘임을 확신하는 데서 얻어진 전망이리라. 이 시집 전반을 흐르는 기운이 끊임없이 자신의 안팎을 열어놓은 채 "꿈꾸는 자의 중얼거림"으로 일관되는 건 그 때문이리라.

사랑은 나와 타자와의 관계를 지피는 불이기도 하지만, 하염없이 자신을 지펴내는 열정의 불이기도 하다. 왜냐하면 결국 자신을 사랑하는 행위의 연장이기 때문이다.

거센 폭풍우와 모래바람을 뒤집어쓰고
나는 바다와 사막을 건너 이곳에 이르렀다
쩡쩡 소리 내어 우는 겨울 강江이여
입속에서만 맴돌고 있는 뜨거운 말들이여
내게서부터 비롯되었다가
마침내 내게로 와서 끝나는 모든 것들이여
일어나 가자, 뿌옇게 흐려오는 두 눈 비비고

온몸에 덕지덕지한 소금버캐와 모래알들 털어버리고

    -「겨울 강가에서」 부분

"거센 폭풍우와 모래바람을 뒤집어쓰고" 닳은 '이곳'이 "쩡쩡 소리 내어 우는 겨울 강"이라는 점에서 현실의 고통스러움이 인식된다. 모든 것이 얼어 있는 차가운 현실, 그러나 사랑이 있는 한 입속에는 여전히 "뜨거운 말들"이 맴돌고 있다. '뜨거운 말들'은 자신을 둘러싼 사물과 타자들에 대한 눈부신 인식의 말들이다. 엄혹하고 고통스러운 현실을 온몸으로 뚫고 왔으나, 좌절하거나 안정만을 찾아 '이곳'에 머무는 것이 아니라 다시 출발을 앞둔 상태로 자신을 가동해야 하는 이가 갖는 의지의 말이기도 하다. 결국 모든 것은 '나'로부터 시작되고 '나'로 귀결된다는 자각이야말로 고통스러운 세계와 맞선 자의 큰 용기이며, 사랑으로 나아가는 힘이 된다는 인식을 표명하고 있는 것이다.

    때로 현실의 중압과 고통을 견디지 못해 사랑의 힘을 잃고 포기하려는 마음도 생긴다. 그래서 "겨울이여, 이제 나를 놓아다오"라고 외치기도 한다. 자신의 삶을 둘러싼 모든 것들에게 "나를 용서해다오"라며, '너'와 '나'로부터 벗어나게 해달라고(「겨울이여 이제 나를」) 외치기도 한다. 그 현실은 다양한 표정으로 떠오른다.

　　죽어버린, 잊혀진, 낡은 흑백사진 같은,

　　고뇌에 찬, 사막의 모래 폭풍처럼 화난, 시들해진,

　　종이꽃 같은, 허기지고 목마른, 섬뜩한,

　　과거로부터 현재에 이르는 모든, 잔뜩 겁먹은,

　　힘없는, 경멸하던, 후려치고 달아난,

　　너덜너덜 찢겨진, 우쭐거린, 꿈속의 꿈 같은, 황폐해진,

　　슬픔에 휩싸인, 덧없는, 돌아서 가버린,

　　사형장에 오른 죄수 같은, 약탈당한,

　　숨겨놓은, 빼앗긴, 바동거리는, 파헤쳐 진,

　　외롭고 허전한, 상처 받은, 깨어진 유리 조각처럼 날카

로운,

　　공포에 질린, 치사하기 짝이 없는,

　　피 흘리는, 늪 속 깊이 가라앉은, 분노에 찬,

　　처박힌, 뿌리까지 드러난,

　　아무것도 아닌, 뱀처럼 사악한, 증오해온,

　　인간의 탈을 쓴,

　　철거당한, 장식처럼 내걸린, 누구인지도 모를,

　　─「여기 이곳에 많은 모습들이」 부분

"여기, 이 겨울 벌판에 깊이 새겨"진 얼굴들과 모습들이다. 이러한 모습들을 두고 "제각기 꿈꾸는 얼굴로 남아 있다"고 강조하는 것은 또 얼마나 모순되는 일이면서 안타깝고도 아름다운 일인가? 겨울의 현실 속에 떠오르는 이런 다양한 얼굴들은 상처 받고 일그러진 이들의 모습들이며, 거친 현실 속에서 지친 시인 자신의 모습들이기도 하다. 그렇다고 해도 그 모습들은 하나하나 좌절의 어두운 구덩이에 빠져 허우적거리지 않고 여전히 희망의 끈을 놓지 않은 채 사랑을 갈구하기에 '제각기 꿈꾸는 얼굴'로 남아 있다고 보는 것이다. '제각기 꿈꾸는 얼굴'이기에 그의 말은 사랑을 꿈꾸는 자의 '중얼거림'이 될 수밖에 없다는 것이다.

가만히 귀 기울이면
얼어붙은 하늘가로 조심조심 흐르는
언어言語들의 물살 소리 들린다
자음과 모음이 몸부림치고
쉼표와 마침표 의문표가 서로 부딪쳐 깨어지는
비명 소리, 한숨 소리,
겨울의 빨랫줄 위에
여기저기 내걸려 펄럭이는

사전辭典 속의 낱말들,

밤마다 내 가슴속에서 뒹굴다 스러져간

그 숱한 낱말들이 구겨지고 바스라진 채

아우성치고 있다

바동거리고 있다

버림받고 외로운 언어言語들이여,

나는 너희들의 넋을 느낀다

－「가만히 그 귀 기울이면」 전문

  '버림받고 외로운 언어들'에서 '넋을 느끼는 것'은 자신에
대한 연민의 모습을 보여주는 것이라 할 수 있다. 그 언어
들은 "밤마다 내 가슴속에서 뒹굴다 스러져간" 것들이기 때
문이다. 그가 자주 떠올리는 "모든 것이 나로부터 시작하고
나로 귀결된다"의 인식을 이러한 모습에서도 읽어낼 수 있
다. 그리고 이러한 인식이야말로 그의 시학의 기반이 되고
있다고 보아진다. 이러한 모습은 곧 '나'와 이어지는 세계에
대한 소통 의지와 맞물리면서 세계의 기미를 읽어내고 그
소리의 의미를 파악하려는 의지와 이어진다.

누구의 목소리일까

시든 나뭇가지가, 땅강아지가, 두더지가, 구름이,

오징어나 갈치가, 호랑이나 노루가, 설란이,

말한 것일까

－「중얼거리는 소리들」 부분

'나'를 둘러싼 모든 것은 내게 말을 하는데, 그 말의 의미
는 물론 그 출처까지 궁금해하면서 그런 소리들이 모두 "누
가 내게 비밀리에 보낸 신호"인지를 캐묻는 것이야말로 사
물과 세계와의 소통 의지를 드러낸 것이라 할 수 있다. 이
러한 소통 의지가 고양되면서 서로는 사랑의 관계로 이어
져, "술이 술을 부축하고 / 바람이 바람을 쓰다듬어 주듯 /
내가 너를, 네가 나를, / 위로하고 힘이 되어줄"(「물이 물에
젖듯이」) 수 있게 된다.

서원동의 겨울 노래는 그러므로 소통과 사랑의 노래라
할 수 있다. 우리가 살고 있는 현실이 비록 차가운 결빙의
세계라 할지라도 사랑으로 '너'와 '내'가 엮어지는 소통 의
지가 있는 한 아주 얼어붙은, 죽음의 세계는 아니다. 모든
것이 어둡고 차가우며 고독한 현실이라 할지라도 소통 의지
와 사랑의 마음이 있는 한 그 세계는 따스한 기운이 흐르

며, 그리하여 봄을 향한 인고와 부활의 전망을 가진 세계가
된다고 믿는 것이다.

　　겨울은 끝이 아니라
　　새로운 것에로의 힘찬 출발
　　탕! 경주용 총소리도 없이 달려나가는
　　수많은 팔다리들의 질주
　　꿈틀대며, 허우적거리며,
　　있는 힘 다해 뛰쳐나가는
　　서로 용서하며, 용서받으며, 달려나가는
　　보이지 않는 질주

　　어디서부터 시작되는지
　　어디쯤에서 멈추어야 할지
　　아무도 모르는
　　끝없는 질주
　　새로운 것에로의 힘찬 출발
　　　　－「겨울은 끝이 아니라」 전문

　　아직 끝나지 않은 노래여,

못다 부른 사랑의 노래여, 절망의 노래여,

눈바람에 묻혀 조금씩 제 모습을 지워가는
삼라만상森羅萬象을 지켜보노라면
먼지 더부룩한 기억의 창고 속에서
아슴푸레한 지난날들이 하나씩 기지개를 켠다
알았다, 알았다, 고개 끄덕이는
구겨진 겨울 산맥山脈 틈 사이로
낡은 무덤들이 하나둘 열리고
오래전에 죽어버린 혼들이
생명의 불을 밝혀 들고 뚜벅뚜벅 걸어 나온다

……(중략)……

다들 잘 있어라, 살가죽과 뼈만 남아 앙상한
겨울의 모든 것들이여
군데군데 상처 난 희망이라는 이름의 누더기여

우리 모두 개과천선해 만나자
좋은 날 좋은 때 잡아 다시 만나자

다시 만나 멋진 굿판 벌여보자꾸나

신명 나게 한바탕 놀아보자꾸나

-「아직 끝나지 않은 노래」 부분

　그러므로 서원동의 '悲歌'가, 이별의 상황을 만남으로 전환하는 의지의 재확인과 함께 새로운 부활 의지를 드러내면서 끝나는 것은 당연한 귀결이다. '살가죽과 뼈만 남은 앙상한 모든 것들'의 겨울인 현실은 그래도 "군데군데 상처 난 희망이라는 이름의 누더기"를 걸치고 있다. 그 희망을 지피면서 그 온기에 몸을 쬐는 것이야말로 '나'를 달구면서, 봄을 향한 의지를 재촉하는 걸 잊지 않는 태도라 여긴다. 그러한 태도는 겨울이라는 삶의 조건과 타협하지 않고 그 한계를 뛰어넘는 모습이며, 그러한 희망에의 지향을 통해 새로운 존재의 의미를 획득한다고 믿기 때문에 가능한 것일 터다. 그 근간을 이루는 것은 거듭 말하지만, 소통과 사랑의 의지다. 소통과 사랑의 의지야말로 언제나 자신이 '개과천선'할 수 있는 확실한 힘이 된다고 믿기에 그는 언제나 출발 선상에 서서 뜨거운 눈으로 지평선을 전망하는 자세를 취할 수 있는 것이다. 그렇다면 그의 진한 사랑의 노래는 이제부터 시작이라 할 수 있겠다.